ROMAN

AÏKO, LA JEUNE FILLE À L'ÉVENTAIL

PASCAL VATINEL

ACTES SUD JUNIOR

1

PROMENADE AU PALAIS D'ÉTÉ

La proposition de Lao Sheng d'emmener toute sa petite famille au Palais d'été avait été accueillie par les hourras enthousiastes de Fleur de Printemps. Elle n'avait en effet jamais visité cet endroit légendaire, réputé pour sa beauté. Jadis, les empereurs venaient y chercher un peu de fraîcheur quand l'air de la capitale devenait trop étouffant. Entourés de leur cour, ils profitaient de l'immense parc, occupé en son milieu par le lac du Printemps Éternel, bordé de hautes collines plantées de temples et de bâtiments aux toits vernissés dont la splendeur s'estompait, par déférence, devant celle du somptueux palais impérial.

Pour rejoindre ce lieu merveilleux, Fleur de Printemps, accompagnée de ses grands-parents et de ses deux jeunes cousins, avait dû faire un long trajet depuis le centre de Pékin. Lao Sheng s'était assis à côté d'elle dans le bus. De cette façon, il avait pu lui montrer tous les sites dignes d'intérêt qui jalonnaient leur voyage : l'immense zoo et ses nombreux pavillons, les rives du grand canal, depuis lesquelles les gens pêchaient ou plongeaient pour se rafraîchir, et surtout le joli parc des bambous pourpres où une foule de promeneurs profitait du soleil pour flâner, faire de la gymnastique, chanter… On aurait dit que tout le monde avait le cœur en fête avec ces premières belles journées de l'été.

Une fois à destination, leur visite avait débuté par l'impressionnante résidence impériale. Lao Sheng s'était montré un guide intarissable, capable de répondre à toutes les questions, à commencer par celles de sa toujours très curieuse Fleur de Printemps. Elle avait été contente d'apprendre que le dernier empereur à avoir habité le grand palais était… une impératrice. Mais selon Lao Sheng, cette femme avait été dure et cruelle envers son peuple et ses serviteurs. Plus tard, ils avaient découvert l'imposant bateau de marbre construit à la demande de l'impitoyable souveraine ; un navire condamné à rester à quai à cause de son énorme poids. Puis ils avaient embarqué sur un vrai bateau, trop rigolo avec sa proue et sa poupe en forme de dragon. Après une promenade sur le lac et avoir longé le pont aux dix-sept arches de marbre, ils étaient revenus à terre pour pique-niquer.

Fidèle à ses habitudes, Fleur de Printemps caracole à présent en tête du petit groupe guidé par son grand-père. Bien que ne connaissant pas les lieux, elle ne risque pas de se perdre. Il lui suffit de suivre la large allée qui fait le tour du lac du Printemps Éternel. Soudain, elle entend Lao Sheng qui l'appelle. Elle se retourne et comprend qu'il a choisi un emplacement sur le gazon pour leur pause déjeuner. L'endroit conviendra tout autant pour une sieste. Mais Fleur de Printemps n'a pas envie de dormir. Aussitôt son sandwich avalé, elle préfère cueillir quelques fleurs sauvages.

Parmi les pâquerettes dessinant sur le tapis vert des centaines de points blancs, elle sélectionne celles qui ont les plus longues tiges, afin d'en faire un bouquet. Elle les assemble patiemment, jusqu'à former ce qui ressemble à une grosse boule de neige dans sa main. Puis elle cherche une jolie fleur de pissenlit, toute dorée, qu'elle coupe à la base et plante au milieu des autres fleurs.

Décidée à les offrir à sa grand-mère, elle les présente d'abord à Lao Sheng qui se réveille doucement de sa sieste :

– Tu as vu, grand-père ? Qu'est-ce que tu penses de mon bouquet ?

– Ma foi, je dois reconnaître qu'il est très réussi. J'ai l'impression que les cours de Mme Takahashi portent leurs fruits.

– Oh oui ! J'adore ce qu'elle nous explique sur l'art d'arranger les fleurs. Elle dit que c'est un art très ancien et qu'au Japon, encore aujourd'hui, toutes les jeunes filles l'étudient. Ce n'est pas comme ici.

– Comment ça ? Que veux-tu dire ?

– Mme Takahashi vient à l'école chaque mercredi et elle donne ses leçons gratuitement. Pourtant, nous ne sommes jamais plus de quatre ou cinq élèves à y assister. Du coup, la directrice envisage de les interrompre et de les remplacer par un autre cours.

– Mais pour quelle raison ? Cela n'intéresse pas tes camarades ?

– Oh si ! Nous pourrions être plus nombreux. Ce sont leurs parents qui ne veulent pas.

– Leurs parents ? Ah, je vois. C'est parce que Mme Takahashi est japonaise ?

– Oui. Ils racontent que les Japonais sont des gens méchants.

– Quelle bêtise ! Tu connais ce vieux proverbe : "Un seul dit un mensonge et cent le répètent comme étant la réalité." Et toi, tu penses que Mme Takahashi est méchante ?

– Pas du tout. Elle est très gentille au contraire. Ses bouquets sont magnifiques et on dirait qu'elle est toujours heureuse.

– J'en suis sûr ; et cela grâce à ses fleurs, dont elle contemple chaque jour la beauté. Les parents de tes camarades sont des ignorants. Ils oublient que cet art est originaire de Chine. C'est une chance que nos voisins japonais l'aient pratiqué à leur tour et fait autant évoluer. Comme c'est une chance que cette dame veuille bien vous l'enseigner.

– C'est ce que je leur ai dit à l'école : je ne vois pas ce qu'il peut y avoir de mal à faire des bouquets ! Mais on m'a répondu qu'il fallait se méfier des Japonais parce qu'ils n'étaient pas comme nous et qu'ils n'avaient rien à faire chez nous.

– Hum ! C'est une belle idiotie. "Lorsque l'aveugle guide l'aveugle..."

– Alors ?

– “… ils tombent tous les deux dans l’eau.” Tous les peuples ont des coutumes différentes. Est-ce une raison pour se battre avec eux ? Même en Chine, nous sommes différents. Entre le sud et le nord, et parmi toutes les minorités qui composent notre pays. Ce sont justement ces différences qui font de nous une grande nation. Regarde, c’est comme ton bouquet : pourquoi as-tu éprouvé le besoin d’y ajouter une fleur de pissenlit ?

– Pour qu’il soit plus beau. C’est très joli ce jaune au milieu des pâquerettes.

– Bien sûr. Tandis que si tu avais mis une autre pâquerette à la place, on ne la distinguerait même pas. C’est la taille du pissenlit et sa couleur dorée qui donnent sa beauté à l’ensemble. De même que c’est le blanc immaculé des pâquerettes qui met en valeur ton pissenlit. Voilà bien la preuve que l'on peut être différents et parfaitement s'entendre. D'ailleurs, si nous étions tous faits pareils, notre existence serait vite très ennuyeuse.

– Oui, grand-père, je suis d'accord. Mais ce ne sont que des fleurs. On dirait que c'est beaucoup plus compliqué avec les humains !

Fleur de Printemps affiche un air si sérieux que Lao Sheng éclate de rire :

– Ah, ah, ah… voilà que tu parles comme les grandes personnes.

– Mais… pourquoi ris-tu ? Est-ce que j'ai dit une bêtise ?

– Pas du tout. C'était même très sensé : les humains ont la fâcheuse habitude de vouloir tout compliquer. Nous oublions que nous ne formons qu'une infime partie de la nature. Et ce qui est vrai pour les fleurs l'est également pour nous. Comme elles, nous avons besoin de l'eau, de l'air et du soleil. Nous redoutons le gel ou l'excès de chaleur, tels nos empereurs qui venaient se réfugier ici en été.

– Mme Takahashi dit qu'il y a aussi des empereurs au Japon.

– C'est juste. Encore de nos jours. Le Japon est une petite île où les traditions ont la vie dure. La plupart d'entre elles ont longtemps été communes à nos deux pays. Et tes camarades feraient bien d'y penser, plutôt que de s'arrêter sur nos différences. Cela me rappelle l'histoire d'une jeune Japonaise, Aïko. Te l'ai-je déjà racontée ?

– Aïko ? Non, je suis sûre que non.

– On la surnommait "la jeune fille à l'éventail". Elle est devenue célèbre grâce à son courage et à son intelligence. Beaucoup de nos compatriotes croient aujourd'hui qu'elle était chinoise. Mais ils se trompent, elle était bien japonaise.

Lao Sheng n'a pas besoin d'en dire davantage. Fleur de Printemps est à présent suspendue à ses lèvres, impatiente d'entendre cette nouvelle histoire. Assise en tailleur, silencieuse, elle fixe son grand-père en ouvrant grand les yeux et, surtout, les oreilles. Celui-ci s'en rend compte et hésite avant de se lancer dans son récit. Puis, après avoir jeté un coup d'œil sur le reste de la famille, il se décide :

– Hum, d'évidence ta grand-mère et même tes jeunes cousins n'ont pas trop envie d'interrompre leur sieste. Il faut dire que nous avons beaucoup marché ce matin. Alors, profitons-en pour parler un peu de cette "jeune fille à l'éventail". Ça te va ?

Le vieil homme doit se contenter d'un sourire ravi pour toute réponse. Fleur de Printemps a déjà l'esprit ailleurs. Elle ne l'a pas attendu pour commencer à remonter le temps et faire la connaissance d'Aïko. Elle l'imagine se promenant au Japon avec ses éventails, comme un papillon agitant ses ailes au milieu des plus belles fleurs.

2

LA FAMILLE OMURA EN CHINE

M. Ichiro Omura, bien que né sur la belle île japonaise d'Okinawa, avait passé l'essentiel de son existence dans le petit port chinois de Ningbo, qui borde la mer de Chine. Son grand-père s'y était établi en tant que commerçant, bien des années plus tôt. Comme lui, il achetait des poteries, des laques et des tissages, qu'il expédiait dans son île natale où il les revendait le double de leur prix. Pour éviter que ses navires n'en repartent les cales vides, il les chargeait au retour de spécialités de son pays qu'il distribuait ensuite à sa clientèle chinoise, en faisant, une fois de plus, un beau bénéfice.

Les marchandises extraites de ses bateaux étaient aussi nombreuses que variées. Les habitants de Ningbo appréciaient tout particulièrement ces étranges nouilles très différentes de celles qu'ils avaient l'habitude de consommer. Les nouilles rapportées par les Omura étaient plus épaisses, et la farine de sarrasin leur donnait une couleur brune ainsi qu'une délicate saveur de noisette. Parmi les produits en provenance d'Okinawa, il y avait également de beaux tissus et de très jolis éventails pliables. Les Chinois des environs jugeaient ces derniers plus pratiques que les grandes feuilles d'arbres qu'ils utilisaient pour se protéger du soleil, du vent et de la poussière.

Grâce à leurs remarquables talents de négociants, le grand-père de M. Omura, son père et enfin Ichiro Omura lui-même firent prospérer leurs affaires au point de devenir l'une des familles les plus riches de la région.

La seule famille dont la fortune était plus importante encore était celle de Han Fu, le seigneur de Ningbo. Celui-ci s'était engagé à apporter paix et sécurité à la ville, mettant pour cela son armée personnelle au service de la population. En échange, il percevait de lourdes taxes sur les bénéfices des commerçants. Inutile de dire que plus les Omura s'enrichissaient, plus Han Fu en profitait. Celui-ci avait d'ailleurs exigé du clan Omura qu'il paye deux fois plus d'impôts que les autres, au prétexte qu'il était étranger. En cas de refus, les Omura auraient été contraints de s'installer ailleurs, sans garantie que leur situation y serait meilleure pour autant. Ils avaient donc préféré se plier aux règles dictées par Han, estimant que leurs bénéfices restaient très confortables et qu'une relation paisible entre voisins favorisait toujours de bonnes affaires.

L'entente apparemment cordiale entre les Han et les Omura aurait sans doute pu se poursuivre, si des événements très inattendus n'étaient survenus quelque temps plus tard. Cela commença par la décision d'Ichiro Omura de ramener de son île natale le trésor le plus précieux qui soit à son cœur : sa propre fille, Aïko.

Aïko avait, elle aussi, vu le jour sur Okinawa. Elle y avait grandi, puis fait ses études, sous le regard bienveillant de sa mère. Très tôt pourtant, elle avait exprimé le désir de suivre son père en Chine. Elle aurait aimé vivre à ses côtés et découvrir le vaste pays dont il rapportait de si jolies choses. Mais Ichiro Omura avait toujours refusé, considérant qu'elle était trop jeune pour une pareille aventure. Il avait seulement accepté que son épouse et elle l'accompagnent de temps à autre pour effectuer la traversée jusqu'à Ningbo. Il veillait cependant à ce qu'elles ne s'attardent pas et retournent vite sur leur île. Il ne leur accorda ce privilège que trois fois, jugeant ensuite que le voyage devenait trop périlleux. De dangereux pirates sévissaient en mer de Chine. Le commerce florissant entre les îles et l'empire du Milieu attisait leur convoitise. L'idée de capturer un navire aux cales remplies de riches marchandises amenait les forbans à s'enhardir et augmenter la fréquence de leurs agressions. Omura avait même dû embaucher des mercenaires, embarqués à bord des quatre grands bateaux qui constituaient désormais sa flotte. La vue de ces hommes, constamment armés et bien entraînés, en dissuadait beaucoup de s'attaquer aux possessions du clan Omura. Mais leur salaire représentait un coût non négligeable, et leur nombre ne pouvait s'accroître en proportion de celui des pirates.

Il y eut malgré tout ce fameux jour où Ichiro Omura, de passage chez lui, ne put davantage résister aux arguments d'Aïko, si désireuse de venir en Chine. Elle avait beaucoup grandi et, bien qu'encore jeune, pouvait se montrer très convaincante :

– Très cher père, je sais que le jour de ma naissance fut pour toi une déception. Tu espérais un fils, comme ton père avant toi, et son père avant lui. Notre clan a toujours pensé qu'un garçon était plus à même de diriger ses affaires. Malgré cela, il se trouve qu'aujourd'hui je suis ton seul enfant. Alors, à moins que tu ne préfères confier ton commerce à une personne extérieure à la famille, sache que je suis prête à apprendre tout ce qu'il est nécessaire de connaître pour te seconder.

Omura avait écouté sa fille avec attention. Il la devinait sincère, et ses propos le peinaient :

– Aïko, comment peux-tu penser cela ? S'il est vrai que je m'attendais à avoir un fils, mon cœur s'est rempli de joie lorsque tu es venue au monde. La première fois que je t'ai prise dans mes bras, tu étais déjà la plus jolie petite fille à laquelle des parents puissent rêver. Chaque jour depuis lors, le ciel m'en est témoin, mon bonheur n'a pas souffert la moindre déception. Je souhaite que tu me succèdes bientôt et je t'apprendrai pour cela toutes les règles de mon métier. Mais tu dois encore patienter, tu es si jeune !

– Cher père, comme toujours vos paroles sont douces à mon cœur. Pourtant, je ne comprends pas ce qui motive votre attente. Plus vite nous commencerons, plus vite je serai en mesure de vous aider. Mère vous le dira : mes précepteurs sont très fiers de moi et plusieurs pensent ne plus avoir grand-chose à m'enseigner. Me confronter à la vie, à vos côtés et sous votre surveillance, me sera sans nul doute plus profitable.

Ichiro Omura était impressionné par la qualité du raisonnement d'Aïko, autant que par sa force de caractère. Mais il savait que “Le veau qui vient de naître ne craint pas le tigre”. Pourtant, s'il redoutait d'exposer Aïko aux dangers du monde extérieur, il ne pouvait la garder éternellement à l'abri de son nid, dans leur île. Perplexe, il se mit à y réfléchir. Finalement, il choisit de se rendre aux arguments de sa fille.

Après lui avoir fait jurer qu'elle lui obéirait en tous points, il lui annonça qu'elle serait à ses côtés sur le prochain bateau en partance vers Ningbo. C'était désormais elle qui aurait en charge le commerce des éventails. Une double bonne nouvelle qui combla Aïko de joie.

Bien qu'impatiente de connaître la suite de son histoire, Fleur de Printemps ne peut s'empêcher d'interrompre Lao Sheng :

– Je croyais que les éventails existaient depuis très longtemps en Chine ?

– Et tu as raison de le croire. Les plus anciens connus ont au moins trois mille ans ! Du fait de la chaleur, aucune des régions au sud de notre pays n'avait attendu M. Omura pour créer les siens. Comme je te l'ai dit, les plus courants étaient réalisés avec les grandes feuilles des arbres tropicaux. Puis il y eut les plumes d'oiseaux ou de poulets. Vinrent ensuite ceux faits en fines lamelles de bois. Dans la ville de Suzhou, les habitants eurent l'excellente idée d'utiliser du santal, un bois qui sent très bon. Ainsi, chaque fois qu'ils s'éventaient, l'air autour d'eux était parfumé par les douces fragrances du santal. Pendant ce temps, dans le Sichuan, là où vivent les pandas, les gens découvrirent que le bambou dont se nourrissent ces gros animaux pouvait également servir à la fabrication des éventails. Quant au papier, c'est la ville de Hangzhou qui en fit sa spécialité, avec les plus beaux éventails de papier noir.

– Et ceux d'Aïko alors, qu'avaient-ils de si original ?

– Ils avaient eux aussi une particularité. En premier lieu, ils étaient pliables et donc beaucoup plus faciles à transporter. Mais surtout, ils pouvaient être conçus selon les désirs de chacun.

– Comment ça ? Qu'est-ce que tu veux dire ?

– Je vais te l'expliquer. Pour cela, le mieux serait encore que je poursuive mon récit. Figure-toi qu'il y a justement un personnage qui s'intéressait de près aux éventails d'Aïko. Et pas seulement à eux…

3

UNE IDYLLE INATTENDUE

Après une traversée heureusement sans incident, Aïko s'installa à Ningbo, où elle se mit aussitôt au travail. Elle visita les différents magasins de son père, fit la connaissance de ses employés et, sans plus tarder, concentra son temps et ses efforts à la vente des éventails.

Son local, situé dans la rue la plus commerçante de Ningbo, ressemblait davantage à un atelier qu'à une simple boutique. On y trouvait tous les matériaux nécessaires à la conception de l'éventail dont chacun pouvait rêver. Les rayonnages étaient couverts de manches et de baleines taillés dans divers bois, y compris les plus précieux. Pour réaliser le volet, plus d'une trentaine de papiers de qualités différentes étaient disponibles. Après avoir choisi les matières, il ne restait plus qu'à déterminer la dimension ainsi que les éventuels motifs à faire graver sur le bois.

Ainsi, grâce à la famille Omura, acheter un éventail n'était plus un acte anodin, mais un réel plaisir. Les habitants de Ningbo n'imaginaient pas meilleure façon d'acquérir l'objet de leurs rêves, ni plus beau cadeau à faire à un ami. D'ailleurs, la renommée de ce commerce dépassa rapidement les limites du modeste port. Tous les visiteurs de passage dans la région, découvrant la "spécialité" de la ville, s'empressaient à leur tour de commander un éventail chez Omura.

Aïko ne quittait presque jamais son magasin. Elle stupéfia tout le monde par la vitesse à laquelle elle se familiarisa avec la fabrication des éventails : les qualités propres à chaque bois, chaque papier ; le savoir-faire des artisans chargés de l'assemblage ; le travail des graveurs et des calligraphes... Mais elle excellait encore plus à satisfaire ses clients, sachant les écouter et deviner leurs souhaits, parfois avant même qu'ils les aient exprimés. En plus de sa compétence, tous appréciaient le sourire, la douceur et la beauté d'Aïko.

Parmi les visiteurs qui franchissaient le seuil de sa boutique, un jeune homme attira très vite son attention. Il s'agissait de Han Wei, le deuxième fils de Han Fu, seigneur de la ville. Il était à peine plus âgé qu'Aïko et semblait s'être découvert une passion pour les éventails. Il en avait déjà fait assembler huit en l'espace de quelques mois. Cela avait éveillé la curiosité de la jeune Japonaise. Que pouvait-il bien faire de tant d'éventails ? Peut-être était-ce pour les offrir ? Hélas, Han Wei se montrait très réservé. De plus, il savait précisément ce qu'il voulait, empêchant ainsi Aïko d'en apprendre davantage à son sujet. Elle en était d'autant plus peinée que, en son for intérieur, elle ne pouvait cacher son intérêt pour ce beau jeune homme à l'allure si douce et si distinguée.

Lorsqu'il se présenta pour une neuvième commande, elle entreprit de percer son secret. Elle commença par le féliciter pour sa fidélité. Puis, au prétexte de le remercier, elle proposa de faire réaliser une jolie boîte dans laquelle il pourrait ranger son éventail, avant de l'offrir à la personne de son choix. Elle suggéra même de faire graver le nom de ladite personne sur le boîtier.

Bien sûr, elle espérait et craignait à la fois qu'il acceptât, et que le nom fût celui d'une jeune Chinoise. Pourtant, à sa grande surprise, Han Wei répondit qu'il n'avait aucune intention d'offrir cet éventail. Celui-ci, comme les huit précédents, était réservé à son seul usage. Aïko, rassurée, posa alors la question qui lui brûlait les lèvres :

– Il s'agit de votre neuvième éventail. Envisagez-vous une collection ?

D'une voix presque timide, contrastant avec sa prestance et l'assurance que lui procuraient ses beaux atours, Han Wei consentit à éclairer Aïko :

– Non, je n'aurais que faire d'une pareille collection. Simplement, il m'arrive de peindre et de calligraphier. Et j'ai découvert que la forme même de l'éventail offrait un excellent support pour mon travail. Je peux peindre sur une face et calligraphier un poème sur l'autre. Surtout, je peux jouer avec l'ouverture et la fermeture de l'éventail pour ne dévoiler que tout ou partie de mon tableau.

– Oh ! C'est très intéressant. Les textes que vous calligraphiez sont-ils ceux de grands poètes chinois ?

La question d'Aïko fit aussitôt monter le rouge aux joues de Wei. Gêné, il répondit en baissant les yeux :

– Heu... non. Ce sont mes propres poèmes.

La jeune fille se mit à battre des mains, tout excitée :

– Vos propres poèmes ? Vraiment ? Ainsi, en plus d'être peintre et calligraphe, vous êtes également poète ? Vous avez beaucoup de talents. Pourquoi cela semble-t-il tellement vous embarrasser ? Nombreux au contraire aimeraient s'en vanter !

Wei redressa la tête et regarda Aïko avec stupeur :

– M'en vanter ? Je doute qu'il y ait de quoi ! Je suis la risée de ma propre famille. Mon père entre dans une colère noire chaque fois qu'il entend parler de ma peinture ou de mes vers. Il aurait préféré que, comme mon frère, je me rende à la capitale pour y devenir un haut fonctionnaire. Mais la politique ne m'intéresse pas. Alors je continue de peindre, en cachette.

– Vous voulez dire que personne n'a vu votre travail sur les éventails que vous avez déjà commandés ?

– Personne. Toutefois, cela vaut peut-être mieux ainsi. Mes premiers essais n'étaient guère concluants. Je crois qu'il en faudra beaucoup d'autres avant d'espérer m'en satisfaire.

Toute à son bonheur d'apprendre la vérité sur son cher visiteur, Aïko répéta :

– Formidable. C'est vraiment formidable !

– Je ne comprends pas pourquoi mon propos vous rend si joyeuse !

– Parce que votre idée est extraordinaire : peindre des éventails ! Jusqu'ici, nous nous contentions de graver le manche et le cadre. Mais utiliser les deux faces du volet, il semble que personne n'y ait encore pensé. Grâce à vous, les éventails vont devenir de véritables œuvres d'art ! Les Chinois autant que les Japonais aiment la peinture et la calligraphie. Et quel plus beau support qu'un éventail pour adresser un poème à la personne de son choix ?

À croire que la bonne humeur d'Aïko était communicative. Wei, le visage illuminé, semblait à présent aussi enthousiaste qu'elle :

– Je n'ose comprendre. Êtes-vous en train de me proposer de peindre sur vos éventails ? Pour votre commerce ?

– Oh ! J'espère ne pas vous offenser. Je dois reconnaître que l'idée m'a traversé l'esprit. Il m'est apparu que cette "association" ne pourrait qu'être heureuse.

– Mais… vous ne connaissez rien de mon travail ! Mon talent n'est probablement pas à la hauteur de vos espérances.

– Je suis pourtant persuadée du contraire.

À présent, c'était au tour d'Aïko de sentir le rouge envahir ses joues, sans qu'elle puisse rien y faire. Pour la première fois depuis son arrivée à Ningbo, elle ne pensait plus seulement aux éventails. Car pour la première fois aussi de sa toute jeune existence, elle comprit qu'elle était amoureuse.

4

LA COLÈRE DE M. OMURA

Aïko avait dû hériter du don de sa famille pour le commerce. Son idée fut un véritable succès. Dès l'instant où elle commença à exposer les œuvres de Han Wei dans son magasin, les demandes des clients s'accumulèrent semaine après semaine. Tout le monde voulait un éventail avec le poème ou le paysage de son choix, peint par le talentueux jeune homme.

Celui-ci passait chaque jour à l'atelier, où il bénéficiait de son propre espace de travail. Il lui arrivait aussi de peindre en extérieur ou de calligraphier chez lui, dans la demeure de son père.

Dans un premier temps, Han Fu s'agaça de voir ainsi son fils perdre autant de temps avec ces Japonais qu'il n'appréciait guère et dont il se méfiait. Il se calma vite cependant en voyant l'argent rentrer encore plus dans ses caisses. Son idée de taxer les commerçants s'avérait décidément excellente. Un temps, il pensa tripler plutôt que doubler les impôts du clan Omura. Mais il renonça, craignant de les décourager pour de bon : "Lorsque la poule s'envole, elle brise son œuf ; l'un et l'autre sont alors perdus."

Aïko avait également de bonnes raisons de se réjouir en voyant si bien prospérer le négoce qui lui avait été confié. La satisfaction de son père suffisait à la récompenser de ses efforts. Toutefois, rien ne pouvait autant la combler que les visites désormais quotidiennes de Han Wei. Elle n'avait plus aucun doute sur ses sentiments envers lui. En revanche, elle ne savait rien des siens. Il se montrait toujours aussi réservé. De plus, il ne semblait préoccupé que par ses œuvres et les progrès qu'il entendait réaliser dans son art.

Ichiro Omura ne fut pas long à comprendre la situation. Il était lui-même admiratif du travail du jeune Chinois, mais regrettait qu'il ne réussisse pas à mieux lire dans le cœur d'Aïko. Il approcha sa fille à ce sujet. Aïko lui faisait une entière confiance. Elle confirma ce qu'il avait pressenti. Pourtant, une fois de plus, elle fit preuve d'une étonnante force de caractère. Elle disait ne pas éprouver de peine, certaine que, tôt ou tard, Wei finirait par lui déclarer sa flamme.

Ce jour arriva bientôt, et de la plus belle des façons.

En secret, Wei avait commandé un éventail aux artisans de l'atelier. Il avait choisi le bois le plus précieux et un papier rare rapporté du Tibet, pour réaliser la structure. Sur une face, il avait peint une ravissante fleur de prunier, tout juste éclose. Sur l'autre face, un magnifique poème était rédigé. Chaque caractère, soigneusement réfléchi, exprimait ce que de longues phrases n'auraient pu traduire, tant son amour pour Aïko était pur et sincère.

Lorsque celle-ci découvrit le beau boîtier orné de soie aux motifs de fleurs et de papillons, et qu'elle vit le superbe éventail qui lui était destiné, son cœur se remplit de joie. Une joie que, dès le lendemain, partageait tout le clan Omura.

Les rumeurs sur un prochain mariage allèrent bon train, et c'était à qui devinerait le jour de la célébration ; une date soigneusement choisie sur le calendrier lunaire, pour porter chance et bonheur au jeune couple. Le seul à se montrer embarrassé était… le futur marié. Après avoir avoué ses sentiments à Aïko, il se devait d'aviser son père, Han Fu. Hélas, persuadé que celui-ci s'opposerait à leur projet, il retardait chaque jour un peu plus son annonce. Peu à peu, l'inquiétude remplaça la joie dans le cœur d'Aïko. Elle n'osait obliger Wei à aller parler à son père, mais ne comprenait pas non plus son silence.

L'embarras du jeune Chinois n'avait pas échappé à Ichiro Omura. Il s'arrangea pour le voir seul et lui en demander la raison. Wei s'ouvrit volontiers à lui. Le Japonais s'étonna de son inquiétude. Selon lui, un père ne pouvait que se réjouir du bonheur de ses enfants. Par ailleurs, connaissant la cupidité de Han Fu, il estimait que celui-ci apprécierait à sa juste valeur la dot que le clan Omura apporterait dans cette union. Ses propos rassurèrent en partie Wei, sans tout à fait le convaincre pour autant.

Omura décida alors de prendre le taureau par les cornes. Il préférait en avoir le cœur net ! Le lendemain de sa discussion avec Wei, il revêtit son plus beau kimono, entièrement tissé de fils de soie. Puis il se rendit à la demeure des Han, où il demanda à être reçu. Quelques instants plus tard, il était assis dans le salon de réception, sur le siège immédiatement à gauche de celui où trônait Han Fu. Ce dernier s'affichait tout sourire. Il se dit heureux de cette visite surprise (bien qu'au fond de lui il en soit profondément agacé), et plus heureux encore (cette fois il était sincère) du présent que lui apportait le commerçant. Il s'agissait de deux très belles miniatures, taillées dans du corail et agrémentées de nacre pure. L'une représentait un dragon et l'autre un phénix. Des objets d'une grande valeur, rapportés d'Okinawa.

– Maître Han, comme vous le savez, le dragon et le phénix sont les symboles d'une union harmonieuse, lança Omura.

Han Fu regardait son visiteur sans bien comprendre le sens de ses paroles. Venait-il lui parler affaires ? Envisageait-il une association avec lui ?

Omura s'expliqua très vite :

– Nous avons chacun le bonheur d'avoir des enfants intelligents et capables. Aujourd'hui, les pères que nous sommes peuvent en plus se réjouir de les voir épris l'un de l'autre.

– Qu… quoi ? Comment ?

Han s'était brusquement levé de sa chaise. La nouvelle le faisait bafouiller.

Omura, mettant cette réaction sur le compte de la surprise, insista :

– N'étant pas certain de connaître parfaitement le protocole chinois pour la célébration d'un pareil événement, je suis venu solliciter vos sages conseils.

Han Fu avait le visage cramoisi. Il serrait les poings et de gros postillons jaillirent de sa bouche, en même temps que sa fureur :

– Vous n'êtes pas certain de… ? Et vous venez avec un dragon et un phénix ? Mes sages conseils ? Espèce de… Espèce de…

Ichiro Omura se leva à son tour, pour faire face au Chinois et affronter son courroux. Impressionné par son assurance, Han ne put aller jusqu'au bout de son propos. Mais ses yeux continuaient de jeter des éclairs lorsqu'il reprit :

– Puisque vous êtes venu chercher mes sages conseils, j'accepte de vous en donner un : ne vous approchez plus de ma famille et laissez mon fils tranquille ! Jamais je ne consentirai qu'il épouse une... une... étrangère. Veuillez quitter cette demeure, et remballer vos prétendus cadeaux !

Joignant le geste à la parole, Han repoussa violemment les deux précieuses miniatures qui tombèrent de la table et se brisèrent au sol.

Jamais Ichiro Omura n'avait subi pareille humiliation. Il ne s'abaissa pas à ramasser les morceaux de corail et de nacre ni à répondre à son hôte. Tournant les talons et conservant une allure digne, il quitta la demeure des Han.

Sur le chemin du retour, il continuait de penser à la réaction du Chinois, incapable de la comprendre. Hélas, il sentait la rage le gagner à son tour. D'autant qu'il ne savait comment annoncer la mauvaise nouvelle à Aïko et à Wei ni de quelle façon il pourrait les aider à réaliser leur beau projet.

Au lieu de se rendre chez lui, il prit la direction du port. Là, il monta à bord d'un de ses bateaux, celui où séjournait Satou, le responsable des mercenaires qu'il avait embauchés pour la protection de ses transports. Comme tous les habitants d'Okinawa, M. Omura avait une longue pratique des arts martiaux. Il lui fallait se défouler pour éteindre sa colère. Un peu de combat à mains nues, au bâton ou avec son éventail d'acier ne pourrait que l'y aider. Satou passait pour un adversaire invincible, sachant manier n'importe quelle arme avec une efficacité redoutable. C'est lui qui avait enseigné à Omura l'art de l'éventail. On disait qu'il était même capable de le lancer comme un boomerang, tellement il était habile.

– Lancer un éventail comme un boomerang ?

Les yeux de Fleur de Printemps ressemblent maintenant à deux grosses billes rondes. Elle n'est pas certaine de comprendre ce que lui explique son grand-père :

– À quoi cela peut-il bien servir ? Les éventails sont en papier, ils sont certes assez légers pour voler, mais ils ne peuvent rien face à une épée. C'est comme jouer à ciseaux et papier !

– Ces éventails étaient d'un genre très particulier, répond Lao Sheng. Si le volet était en effet en papier ou parfois également en cuir, les montants et les baleines étaient eux en acier ! Leur poids était bien supérieur aux éventails que tu connais. De plus, les extrémités étaient pointues et les côtés tranchants, ce qui les rendait aussi dangereux qu'un sabre ou un couteau.

– Je ne comprends toujours pas. Pourquoi transformer des éventails en armes, puisqu'il existait déjà des épées et des sabres ?

– C'est une bonne question. En fait, les maîtres de kung-fu appréciaient surtout l'éventail en tant qu'accessoire discret et plutôt… pacifique. Ces hommes étaient certes des combattants. C'était leur seule façon de gagner leur vie. Toutefois, en se déplaçant avec une épée accrochée dans leur dos ou un sabre pendu à leur ceinture, on pouvait penser qu'ils affichaient leur volonté de se battre. Cela pouvait passer pour une provocation aux yeux d'adversaires potentiels. Alors qu'avec un éventail… Il était facile de le dissimuler dans le pli d'une manche ou d'une cape. Et, même visible, qui pouvait imaginer que son propriétaire était un redoutable lutteur ?

– Parce que dans le pays des Omura, tout le monde apprenait à combattre ?

– Okinawa est une petite île. Ses premiers habitants étaient des pêcheurs et des paysans. Mais comme ils étaient souvent agressés par des envahisseurs venus de la mer, ils avaient dû apprendre à se protéger. Au début, leurs seuls moyens de défense étaient leurs pieds et leurs mains, c'est pourquoi ils développèrent des techniques comme le karaté, le judo... Mais très vite, ils apprirent aussi à utiliser n'importe quel objet du quotidien. Bâtons, houes, serpes, faux, battoirs à riz... furent ainsi progressivement adaptés pour aider à éloigner les bandits. Jusqu'aux éventails.

– Et Aïko ? Elle aussi connaissait ces choses ?

– Bien entendu ! Tous les garçons et les filles pouvaient étudier une technique ou une autre. Comme aujourd'hui ils feraient du basket ou du ping-pong. Aïko était une élève brillante, dans de nombreuses disciplines. Cela ne veut pas dire qu'elle désirait combattre. Elle étudiait, c'est tout.

– Oui, elle préférait être amoureuse !

– Sans aucun doute, même si cela ne se commande pas vraiment.

– En tout cas, j'aime mieux quand Han Wei se sert des éventails pour peindre ou écrire des poèmes !

– Exactement comme Aïko. Le temps passé à lire ou faire de la poésie est autant d'occasions en moins de se battre. Rappelle-toi : "Le temps que l'on passe à transpirer pendant la paix…

– Oui ?

– … est du temps en moins à saigner pendant la guerre." Mais, depuis que le monde est monde, il faut croire que la paix est un trésor inaccessible à beaucoup. D'ailleurs, même le très gentil et très pacifique Han Wei n'était pas à l'abri des ennuis. Écoute un peu la suite de mon histoire.

5

L'ATTAQUE DES PIRATES

En rendant compte à Aïko de sa visite au seigneur de Ningbo, M. Omura s'attendait à son chagrin. Aussi s'efforça-t-il de minimiser l'affront commis par Han Fu. Il tenta de la convaincre que le riche mandarin, surpris par la nouvelle, avait juste besoin de réfléchir. Hélas, en dépit des précautions de son père, Aïko s'effondra en larmes, comprenant que son mariage avec Wei était compromis pour de bon. Si le jeune homme se comportait en fils obéissant, ils ne se reverraient sans doute jamais. Elle devait le tenir au courant, afin de connaître sa décision. Mais, avant cela, elle prit une résolution : si par malheur il se soumettait à la volonté de Han Fu, elle repartirait aussitôt à Okinawa et ne remettrait plus les pieds en Chine.

Lorsque Aïko parla à Wei, bien que choqué, celui-ci ne fut pas étonné par la réaction de son père. Il s'y était préparé et sa réponse fut d'autant plus facile. Il jugea indigne que l'on traite les Omura de la sorte. Par ailleurs, rien n'était plus important à ses yeux que le bonheur d'Aïko. Il choisit donc de ne plus retourner chez lui et demanda l'hospitalité à Ichiro Omura, qui la lui accorda volontiers. Sa décision fit à nouveau pleurer Aïko, mais cette fois il s'agissait de larmes de joie. La question du mariage n'était pas résolue pour autant. Il fallait juste espérer qu'une solution vienne avec le temps.

C'est alors que survint un événement aussi grave qu'inattendu.

Profitant de la nuit pour s'approcher au plus près des côtes sans être vus, des bateaux pirates avaient dès l'aube envahi le port de Ningbo. Assoiffés de violence, pressés d'entasser dans leurs cales les richesses de la ville, les brigands avaient bondi par grappes entières depuis les ponts de leurs jonques. Ils entendaient bien détruire et piller tout ce qui leur tomberait sous la main.

Après avoir extrait l'or, le jade, la soie et tout objet de valeur des maisons, ils y mettaient le feu, sans que rien ni personne ne puisse les arrêter. Deux bandits étaient entrés, armés jusqu'aux dents, dans la boutique d'Aïko. Sans défense, celle-ci avait cru sa dernière heure venue. Par chance, ne voyant pas ce qu'ils pourraient tirer de ses éventails, ils avaient vite fait demi-tour.

Les pirates avaient progressé dans un bon tiers de la ville avant que Han Fu ne soit informé de leur attaque-surprise et ne donne l'ordre à son armée d'intervenir. Dès qu'ils aperçurent les premiers rangs de soldats, les bandits détalèrent. Ayant accumulé assez de richesses à bord de leurs navires, ils levèrent l'ancre en quatrième vitesse.

La population de Ningbo était sous le choc. Les familles pleuraient leurs morts et leurs maisons détruites. Ceux qui avaient le moins souffert aidaient leurs voisins. M. Omura demanda à ses employés de prendre des vivres dans ses réserves qui n'avaient pas été pillées, pour les porter à ceux qui en avaient le plus besoin. Cette agression sur la ville l'attristait et, par-dessus tout, l'inquiétait : les pirates devenaient de plus en plus audacieux et féroces, compromettant l'avenir même de son commerce.

Le lendemain, quatre gardes armés se présentèrent à la porte d'Ichiro Omura. Ils exigeaient qu'il les accompagne à la maison des lois, où trônait Han Fu. Le Japonais pensa que c'était probablement en rapport avec l'attaque de la veille. Mais il ne comprenait pas ce que le mandarin attendait de lui.

Il comprit encore moins lorsque, une fois entré dans la grande salle, on le fit patienter debout, loin du siège où se tenait Han Fu. Celui-ci frappa dans ses mains. Deux gardes arrivèrent, escortant un homme enchaîné des pieds à la tête. Omura vit qu'il s'agissait d'un pirate, sûrement capturé alors qu'il fuyait. Han Fu, toujours rongé par la colère qu'il nourrissait contre le commerçant, s'adressa à celui-ci :

– J'ai appris que, malgré mes ordres, tu retenais mon fils chez toi. Est-ce que tu comptes voler ce garçon à son père ?

Le ton irrespectueux de Han Fu était de mauvais augure. Omura fit comme s'il ne le remarquait pas et se contenta de répondre à l'accusation :

– Vous voler votre fils ? Pourquoi et comment le pourrais-je ? Il vous est facile d'aller chez moi et de lui poser vous-même la question. Je ne fais que lui offrir l'asile qu'il m'a demandé.

– Après t'être arrangé pour que ta fille l'envoûte avec ses mots d'amour ! Tu as tort de nier. Tu veux me le voler, espérant ainsi que ta famille héritera de mes richesses. Tu as même osé venir jusque sous mon toit pour me convaincre !

Emporté par son courroux, Han Fu s'était dressé de son siège. Il pointa son doigt vers le prisonnier :

– Regarde, celui-là aussi est japonais, comme toi. Tous les Japonais ont-ils donc appris à s'emparer du bien d'autrui, et seraient prêts à tuer pour cela ?

Omura voyait comme le vent tournait. Il conserva malgré tout son calme et réfléchit avant de répondre :

– Sur ma belle île d'Okinawa poussent de magnifiques pêchers. Au nord de l'île, les pêches sont grosses, à la fois sucrées et juteuses. Au sud, elles sont au contraire petites et ont un goût amer si on les croque. Les arbres et leurs feuilles sont pourtant les mêmes. Comment est-ce possible ? Ce n'est qu'une question de climat. Ce pirate, quand il vivait au Japon, ne volait personne. Mais lorsqu'il a pris la mer et a découvert la Chine, il a commencé à voler. Ne serait-ce pas le climat de Chine qui lui a appris que voler était une chose normale ?

À ces mots, Han Fu entra dans une furie plus terrible encore :

– Espèce de… scélérat ! Bandit ! Mécréant ! Japonais ! Comment oses-tu ? J'ordonne qu'on te juge sur-le-champ !

– Pour quel crime, je vous prie ?

– Tu es le complice des pirates. Sans doute est-ce même toi qui as commandité cet assaut sur notre ville. Nous en avons la preuve !

– Vraiment ? Laquelle ?

– Tes magasins n'ont pas été attaqués. Cela prouve bien que tu étais de mèche avec eux !

– Ce n'est pas vrai, et vous le savez. Deux de mes magasins ont été détruits. Les autres ont été épargnés parce qu'ils étaient hors de la zone d'agression ou parce que les marchandises n'intéressaient pas les bandits.

Malgré ses protestations, Ichiro Omura fut jugé, condamné et aussitôt jeté en prison. Le pirate, lui, eut la tête tranchée.

La nouvelle fit vite le tour de la ville. On évoquait l'exécution prochaine du commerçant en place publique. En l'apprenant, le clan Omura se sentit désespéré. Le lendemain, d'autres gardes se présentèrent à la demeure de la famille japonaise. Ils venaient chercher Wei pour le raccompagner chez lui. Wei refusa de se livrer à eux. Les soldats ordonnèrent alors à Aïko de lui passer un message : dans trois semaines, il devra quitter Ningbo, chargé par son père d'une mission à l'autre bout du pays. S'il ne s'exécutait pas, il serait à son tour jeté en prison.

Aïko eut soudain l'impression que le monde s'effondrait autour d'elle. Han Fu s'en prenait aux deux hommes qu'elle aimait le plus. Comment l'en empêcher, seule, face à sa toute-puissance ?

Délaissant son travail, elle passa les jours suivants à ruminer le moyen de sortir son père de prison et d'éviter que Wei ne soit exilé. Elle n'oubliait pas que le temps lui était compté. En effet, les habitants de Ningbo craignaient désormais une autre attaque des pirates et reprochaient à Han Fu de ne pas savoir les défendre, malgré ses belles promesses. Pour éteindre la contestation, celui-ci n'hésiterait pas à sacrifier la vie d'Ichiro Omura, prétextant qu'il était l'unique responsable de leurs malheurs. Quant à Wei, les gardes de son père l'obligeraient tôt ou tard à les suivre et il serait alors chassé de la ville.

Peu à peu, un plan vit malgré tout le jour dans l'esprit d'Aïko. Seulement, il lui fallait de l'aide. Elle rassembla tous les hommes au service de son père, à commencer bien sûr par l'équipe de mercenaires dirigée par Satou. La plupart étaient très attachés au clan Omura. Ils se sentaient humiliés de n'avoir pas su mieux défendre leur maître et étaient prêts à se sacrifier pour le sauver. Pourtant, lorsque Aïko leur déclara vouloir mener une action contre le seigneur de la ville, ils se montrèrent réticents. Ils expliquèrent notamment que rien n'était possible tant que l'armée de Han Fu était mobilisée, attendant la prochaine attaque des pirates. Aïko essaya de les persuader du contraire, mais en vain. Finalement, voyant qu'elle ne pourrait les convaincre, elle tenta le tout pour le tout :

– Si je m'arrange pour que les soldats se retirent de la ville, accepterez-vous de me suivre ?

Stupéfaits par une proposition aussi audacieuse, les hommes du clan ne surent quoi répondre. Satou prit alors la parole, en leur nom à tous. Il avait beaucoup d'affection pour Aïko, à qui il enseignait l'art du combat, comme à son père. Il comprenait la détresse dans laquelle elle se trouvait. En outre, il connaissait sa grande intelligence :

– Aïko, tu as visiblement une idée en tête. Nous serions bien stupides de ne pas te faire confiance, nous qui n'avons aucun plan à proposer. Si tu penses réussir à éloigner les gardes de Han Fu pour un temps, nous te suivrons, je te le promets.

En d'autres circonstances, Aïko aurait sauté au cou de Satou pour le remercier. Elle n'avait plus une minute à perdre. Elle se rendit auprès de Wei pour lui demander son aide, ce qu'il accepta sans hésiter.

Dans un premier temps, elle le chargea d'apporter, en toute discrétion, des éventails à Ichiro Omura, dans la prison de la ville. Il prétexterait qu'un peu de peinture et de poésie ne pourrait qu'adoucir les derniers jours du pauvre homme. Personne n'aurait de raison de se méfier de lui. On connaissait son goût pour les arts, et il était tout de même le fils du seigneur Han. Personne ne se méfierait non plus de ses éventails, des objets bien inoffensifs. Mais dans l'idée d'Aïko, les poèmes calligraphiés au dos du volet contiendraient des messages à l'attention de son père. Wei avait une écriture suffisamment habile pour rendre la chose possible. Quant aux gardes chargés de le fouiller à l'entrée de la prison, il était peu probable qu'ils sachent lire.

Les premiers messages que Wei fit ainsi passer visaient surtout à rassurer Ichiro

Omura sur sa famille. Mais bientôt, il y en eut un plus étrange. Aïko demandait à son père de supplier sa grâce auprès de Han Fu, en échange d'une information précieuse qu'il lui livrerait. Les messages suivants lui fourniront tous les détails nécessaires.

– J'ai l'impression que je ne suis pas aussi intelligente qu'Aïko, soupire Fleur de Printemps. Comment espère-t-elle repousser une armée avec ses éventails et ses messages secrets ? J'ai beau me creuser la tête, je ne vois pas. Je me demande surtout pourquoi ces hommes ne lui font pas confiance. Elle est la fille de M. Omura. Ne devraient-ils pas lui obéir ?

– Dans nos pays, la tradition voulait que ce soient les femmes qui obéissent aux hommes, et non l'inverse ! répond en souriant Lao Sheng. N'oublie pas aussi que Aïko était très jeune. Et s'occuper d'un magasin d'éventails ou diriger un commando sont deux choses très différentes. Pour eux, que Aïko soit la fille de leur maître n'y changeait rien.

– Ça y est, j'ai trouvé ! Elle va leur donner de l'argent, et peut-être même recruter plus de mercenaires. S'ils sont assez nombreux, ils pourront attaquer la prison pendant la nuit. Ensuite, il leur suffira de tous embarquer sur leurs bateaux et de retourner à Okinawa. Une fois sur leur île, rien n'empêchera Wei d'épouser Aïko ! Tu vois, en fin de compte c'est facile.

– Je vois, en effet. Puisque cette conclusion te convient, je suggère que l'on réveille tes cousins et ta grand-mère et que l'on reprenne notre visite. Qu'en penses-tu ?

Fleur de Printemps hésite.

– Je… Tu veux dire que j'ai vraiment trouvé ? C'est bien ainsi que se termine l'histoire d'Aïko ?

– Peut-être… ou peut-être pas. Et si la fin est différente, souhaites-tu tout de même l'entendre ? Il est possible que les gardes arrêtent Wei et l'expédient loin de la ville ? Dans ce cas, fini le mariage. À moins que Han Fu ne se décide à exécuter Omura et qu'en voulant le venger, Aïko soit à son tour capturée ?

Comprenant qu'elle aurait mieux fait de laisser Lao Sheng lui raconter la suite, Fleur de Printemps sourit :

– C'est bon, grand-père, tu as gagné. Je suis sûre que rien de tout ça ne va arriver. Dis-moi plutôt comment Aïko espère s'y prendre.

6

À L'ATTAQUE DES PIRATES !

Assis sur son trône, au beau milieu de la grande salle de justice, Han Fu caressait ses longues et fines moustaches. Il se délectait à l'avance de son entrevue avec ce maudit commerçant japonais. Il était ravi que ce dernier perde la face en demandant sa grâce. Han Fu allait lui jeter son déshonneur à la figure et, bien sûr, lui refuserait toute pitié. Il était heureux de l'humilier, mais aussi curieux d'entendre ce qu'il avait de si important à lui déclarer.

Lorsque les gardes menèrent Omura devant lui, Han Fu exultait. Le pauvre homme avait beaucoup perdu de sa superbe. Ses cheveux étaient défaits, ses vêtements sales et ses traits tirés témoignaient de son éprouvant séjour en prison.

– Alors, canaille. Il paraît que tu as des révélations à me faire ? Vas-y, je t'écoute.

– C'est que, seigneur, je ne peux parler sans être d'abord certain de votre clémence. Je…

Toujours prompt à s'emporter, Han Fu l'interrompit :

– Ma clémence ? Pour un bandit qui voulait me voler mon fils, s'emparer de mes biens et piller ma ville ? Estime-toi heureux que l'on ne t'ait pas encore tranché la tête. Tu m'as fait me déplacer, alors décide-toi maintenant.

– Qui me garantit que vous ne me tuerez pas une fois que je vous aurai tout dit ?

– Cela dépend de ce que tu as à m'apprendre. Parle, ou je te renvoie à l'instant dans ton cachot.

Ichiro Omura comprit qu'il n'avait pas d'autre choix que de tout révéler. Il confessa qu'il était en effet de mèche avec les pirates. Il était l'ami de leur chef et ils avaient mis au point ensemble leurs projets contre Ningbo.

Han Fu n'en croyait pas ses oreilles. En arrêtant le Japonais, il voulait se venger et lui faire porter le chapeau pour le pillage de sa ville, même s'il le savait innocent. Et voilà que c'était la vérité ! Le Chinois n'en revenait pas de s'être montré aussi perspicace. Mais son prisonnier continuait :

– Le plus important, c'est que je connais la date à laquelle les pirates vont à nouveau déferler sur Ningbo. Ce sera très exactement dans une lune après la précédente attaque. Le sachant, vous serez mieux à même de les piéger. L'effet de surprise jouera cette fois en votre faveur. Cette victoire vous permettra à la fois d'écarter pour longtemps le danger d'une nouvelle agression et vous vaudra toute la reconnaissance de vos sujets.

– Hum ! Je vois. Une lune, tu en es certain ?

– Oui, seigneur.

– Très bien. Gardes : remettez ce voleur dans son cachot !

– Mais… seigneur, vous m'aviez promis… supplia Omura.

En parlant, Han Fu donnait l'impression de cracher tout son venin :

– Ma clémence ? Alors que tu nous apportes une plus grande preuve encore de ta culpabilité ? Jamais ! Cette fois, ton compte est bon.

Han Fu était comblé. Il avait gagné sur toute la ligne. Non seulement il allait pouvoir se débarrasser de ce maudit Japonais, mais en plus il allait en finir une bonne fois avec les pirates. Les habitants de Ningbo l'acclameraient bientôt en héros. En attendant, il pouvait faire relever sa garnison. Mieux valait que ses hommes se reposent un peu avant le grand jour.

Quand Wei lui apprit ce qui s'était passé, Aïko se réjouit ! Jusqu'ici, tout se déroulait comme elle l'avait prévu. Elle convoqua aussitôt les gardes du clan. Impressionnés qu'elle ait réussi, comme par magie, à ce que les soldats retournent dans leur caserne, ils ne pouvaient plus que lui obéir. Toutefois, lorsque Aïko leur annonça que, pour sauver son père des griffes du seigneur Han, ils allaient devoir attaquer les pirates, ils ne cachèrent pas leur inquiétude.

Ils n'avaient pas peur des pirates : pour leur maître, ils étaient prêts à affronter les pires démons. Mais pourquoi gâcher leur temps et leurs forces avec ces bandits, au lieu de faire le siège de la prison de Ningbo ? Le chagrin avait-il fait perdre l'esprit à leur jeune maîtresse ?

Aïko vit bien leur préoccupation, mais ne recula pas pour autant. Étape après étape, elle leur déroula la deuxième partie du plan qu'elle avait minutieusement préparé. Il était trop tôt pour leur en dévoiler davantage.

Le jour même, une intense activité régna sur le port, autour des quatre navires de la flotte d'Omura. Le plus léger et le plus rapide fut entièrement vidé ! Mobilier, marchandises et même la plupart des canons furent déposés à quai, tandis que l'équipage était réduit à une poignée de marins. Le plus étrange fut l'installation de grands tambours géants au milieu du pont avant. Pendant ce temps, les trois autres vaisseaux, également débarrassés de leur cargaison, étaient eux chargés à ras bord de canons, de munitions et d'hommes armés.

Lorsque Aïko embarqua sur le premier bateau, avec Satou à ses côtés, elle était méconnaissable ! On aurait dit un des guerriers de son père. Elle était coiffée d'un casque et revêtait une cotte de cuir. Malgré sa fine silhouette, il émanait d'elle beaucoup de force et d'assurance. Wei ne tarda pas à la rejoindre. Il lui remit les deux éventails qu'il venait juste de terminer à son intention. Il fallut encore attendre que de nouvelles voiles fussent ajoutées au gréement, et les quatre navires s'élancèrent alors vers le large.

Sur le port, les habitants restaient stupéfaits. Beaucoup parmi eux doutaient jusqu'ici de la culpabilité d'Omura. Ils connaissaient le commerçant et le savaient généreux et honnête. Ils savaient aussi ce dont Han Fu était capable pour parvenir à ses fins. Mais ce départ précipité ressemblait trop à une fuite, tendant à prouver que c'était tout le clan Omura qui n'avait pas la conscience tranquille. Les Japonais préféraient se sauver plutôt que d'être à leur tour condamnés.

Une fois en mer, Aïko oublia Ningbo et ses habitants. Son objectif était désormais de débusquer les pirates. Cela ne devrait pas être trop difficile. Il suffisait que ses quatre navires tracent lentement leur route, jusqu'à ce qu'ils soient repérés. Leur lenteur indiquerait des cales lourdement chargées de précieuses marchandises. Un argument auquel nul pirate ne peut résister.

Au matin du troisième jour de navigation, les bateaux ennemis se montrèrent enfin. Il y en eut d'abord trois, puis quatre, cinq, sept ! Sept jonques pour venir à bout des quatre gros navires de commerce. Décidément, les bandits étaient de mieux en mieux équipés et ils avaient mis toutes les chances de leur côté.

Aïko se plaça derrière ses tambours. Elle attendit que les jonques fussent à la distance voulue et commença à frapper selon une cadence convenue avec les autres capitaines. Aussitôt, sa flotte se scinda en trois groupes : le bateau d'Aïko en avant, un à sa gauche, deux à sa droite. Chaque groupe prit un cap différent. Elle ordonna alors à son équipage de hisser toutes les voiles. Allégée, poussée par le vent, son embarcation se mit à filer. Aïko attrapa les deux éventails préparés par Wei. L'un comportait un côté peint en noir et l'autre peint en blanc. Le second était rouge sur une face, jaune sur l'autre. À chaque couleur correspondait une commande, et ses hommes avaient tous le code en tête : "Accélérer – Ralentir", "Bâbord – Tribord". Les tambours étaient, eux, réservés aux instructions pour les autres vaisseaux.

Plus vif et plus maniable, le bateau d'Aïko fonça droit sur les jonques ennemies afin de servir d'appât. Lorsqu'il fut à portée de canon, il se faufila entre les pirates qui hésitèrent à faire feu. Leur proie était trop agile pour un navire marchand, cela n'était pas normal. De plus, ils risquaient de se tirer les uns sur les autres. Ils s'inquiétaient aussi du son mystérieux des tambours.

Quand ils en comprirent la raison, il était trop tard.

Les bâtiments battant pavillon du clan Omura avaient décodé et suivi les instructions transmises par Aïko. Attaquant les jonques à revers, ils lancèrent leurs boulets et en coulèrent trois en un éclair. Bien qu'étant encore à nombre égal de bateaux, les pirates prirent peur et choisirent de virer de bord. Chaque vaisseau d'Omura prit une jonque en chasse, Aïko se réservant la plus imposante, celle de leur chef.

L'embarcation que la jeune fille commandait était beaucoup plus rapide. Elle fut bientôt en position d'abordage. Lorsque les deux navires furent accolés, Aïko ordonna à ses fidèles gardes de bondir sur le pont ennemi. Elle-même se plaça à leur tête, aux côtés du grand Satou. Dans chaque main, elle tenait un des éventails d'acier de son père. Elle avait appris à s'en servir et se montrait une bonne combattante. Les bandits étaient plus robustes qu'elle, mais tellement moins agiles ! À deux occasions, elle se trouva pourtant en mauvaise posture. La première fois, c'est Satou qui, veillant sur elle, vint à son secours. La seconde fois, c'est son éventail qui la sauva. Le pirate qui l'avait immobilisée ne s'était pas assez méfié des fines tiges enrobées d'un violent poison, cachées dans le corps de l'éventail. Une simple pression du doigt suffisait à les libérer. Pendant ce temps, le chef des pirates se défendait vaillamment, mais il ne put rien contre Satou et sa science du combat.

En très peu de temps, le clan Omura se rendit maître de la jonque. Les hommes crièrent leur joie et portèrent Aïko en triomphe. Leur victoire avait été magnifique. Aucun de leurs propres navires n'avait été coulé.

Pourtant, malgré ce bonheur qu'elle partageait avec eux, Aïko ne cessait de s'inquiéter pour son père. Ils n'avaient plus une minute à perdre avant de refaire route sur Ningbo !

7

“UN RENARD DÉGUISÉ EN TIGRE”

Il faisait nuit noire lorsque Aïko, accompagnée d’une demi-douzaine d’hommes armés et guidée par son bien-aimé, se faufila dans les jardins privés du seigneur de Ningbo. Wei connaissait forcément chaque passage. Il savait aussi qu’à cette heure son père dormait et que peu de gardes veillaient. Pour se rendre plus invisibles encore, ils étaient tous couverts de grandes capes noires, y compris l’invité-surprise qu’ils avaient forcé à les suivre.

Une fois à l'intérieur, le petit groupe fila droit à la chambre de Han Fu et le réveilla. Le Chinois était paniqué ! Il ne comprenait pas qui étaient ces gens masqués ni ce qu'ils lui voulaient. Mais Aïko n'avait pas une minute à perdre. Ses compagnons et elle ôtèrent leur cape.

Le seigneur Han, tremblant de peur dans son lit, ne remarqua même pas la jeune fille. Il ne voyait qu'un homme, un seul : le chef des pirates ! Le bandit était armé jusqu'aux dents et son visage était effrayant de férocité. Un collier de griffes de tigre ornait son cou et un bandeau noir coiffait sa tête. L'individu s'exprima d'une voix forte et menaçante :

– Sale chien, j'ai appris que tu tenais Omura prisonnier. Rien que pour cette raison, je devrais t'occire dans l'instant. Mais cela ne le fera pas sortir de tes geôles puantes.

Aussi, je suis venu te proposer un marché : tu libères mon ami sur-le-champ, tu l'autorises à reprendre son commerce et tu n'exigeras plus aucune taxe de lui. En échange de quoi, je te laisse la vie sauve et je m'engage à ne plus jamais attaquer ta ville.

Bien qu'en mauvaise posture, Han Fu eut un bref regain de courage, au point de fanfaronner :

– Et qui te dit que j'ai peur de toi ? Mon armée est assez puissante pour te repousser !

Répétant mot pour mot tout ce que Aïko lui avait expliqué peu de temps avant, le pirate répliqua :

– Tu sais trop bien tenir tes comptes pour refuser mon offre. Une autre bataille te coûterait cher. Tu y perdrais beaucoup d'hommes, et tes concitoyens ne voudront plus payer pour être si mal protégés !

– D’accord, mais quelles garanties ai-je que tu n’attaqueras pas plus tard, une fois ton ami japonais libéré ?

– Tu devras te contenter de ma parole, que cela te plaise ou non. Seulement, réfléchis bien avant de décider : soit tu acceptes, soit tu meurs !

Han Fu se remit à trembler de plus belle. Comprenant qu’il avait perdu la partie, il consentit à toutes les conditions du chef pirate sans plus rechigner. Il coucha même leur accord par écrit.

Au moment où le pirate, satisfait, s’apprêtait à faire demi-tour, Aïko lui donna un coup de pied dans le tibia. L’homme sursauta et s’adressa à nouveau à Han Fu :

– Ah oui, euh… j’oubliais ! J’ai appris que ton garçon veut épouser la fille de mon ami et que tu t’opposes à ce mariage. On m'a même informé qu'il serait chassé de Ningbo. Explique-m'en les raisons !

Toujours sous le coup de la peur, Han Fu hésitait :

– C'est que… je craignais pour sa vie. Je savais que le clan Omura était allié avec les pirates et…

– Es-tu menteur ou stupide ? Quelle meilleure protection pouvais-tu espérer qu'en confiant ton fils à ton prétendu ennemi ? Il n'est pas dans nos coutumes d'assassiner les membres de notre famille. En est-ce une en Chine ?

– Euh, non.

– Alors, voilà qui est arrangé. C'est décidément ton soir de chance. Le jour du mariage, je viendrai en personne pour y assister. Rassure-toi : sans mes hommes ! Les habitants de Ningbo comprendront ainsi que tu as passé un accord avec moi.

Ils te seront reconnaissants pour ta sagesse et ta bonne gouvernance.

Abattu, désemparé, Han Fu fut bien obligé de donner aussi son consentement à cette union. En même temps, il se dit que le pirate n'avait pas tout à fait tort et que, en fin de compte, il s'en sortait plutôt bien. C'est alors que l'autre ajouta :

– Tu admettras qu'une promesse de paix comme celle que nous te faisons est d'une valeur inestimable. Puisque notre dot pour Aïko est si élevée, que prévois-tu pour celle de ton fils ?

– Hein ? Euh… c'est que je n'ai pas encore eu l'occasion d'y réfléchir…

– Très bien. Alors, prends ton temps. Tu nous donneras ta réponse demain. Toutefois, le minimum serait que la moitié des taxes que tu encaisses leur soient désormais reversées. Par ailleurs, les frais de leur garde personnelle devront être à ta charge, ainsi que la splendide maison que tu leur feras vite construire. Pour le reste, je suis certain que ton affection pour ces jeunes enfants saura t'inspirer de plus beaux cadeaux encore. Je te fais confiance sur ce point.

Le pirate s'était exprimé avec aplomb, et le Chinois écarquillait les yeux, le souffle coupé. Aïko et Wei – restés dans l'ombre – durent se masquer la bouche pour ne pas éclater de rire.

Avant d'abandonner Han Fu à son malheur, tous attendirent que l'on aille chercher Ichiro Omura dans son cachot, afin qu'il reparte avec ses courageux compagnons.

De retour chez lui, le Japonais s'inquiéta de la présence du pirate. Aïko lui expliqua :

– Nous avons nous aussi passé un accord. Il a accepté de jouer la comédie devant

Han Fu, contre la garantie d'avoir la vie sauve.

– Mais si tu le laisses en liberté, qui dit qu'il ne va pas reformer sa bande et attaquer Ningbo ? Cela ruinerait ton plan si ingénieux.

– J'y ai également pensé. C'est pourquoi j'ai proposé de l'engager, lui et ses hommes.

– Quoi ?! Mais, comment…

– Rappelle-toi : désormais, tu n'auras plus de taxes à verser à Han Fu. J'ai par conséquent imaginé qu'une partie de cette économie pourrait servir à financer des jonques pour assurer la protection de nos navires en mer.

– Tu veux payer les pirates pour qu'ils nous protègent ?

– Et qu'ils cessent en même temps de nous attaquer. Plus notre commerce sera florissant, plus ils percevront de revenus. Ils auront donc intérêt à veiller sur nos précieuses marchandises. Tout le monde y trouvera son compte.

– Bon sang, je te savais belle et intelligente, mais j'ignorais qu'en outre tu étais plus rusée que le renard !

– Sans compter que c'est une fine stratège ! Il fallait la voir, debout derrière ses tambours, donnant ses ordres à votre flotte pour couler mes navires, ajouta le pirate.

– Ou quand elle est montée à l'abordage avec nous, brandissant ses deux éventails d'acier ! surenchérit Satou.

– Un renard déguisé en tigre ! Si tu voulais me convaincre une bonne fois qu'un fils n'aurait pas su mieux préserver nos affaires et notre clan que toi, c'est réussi ! Tu es vraiment le plus beau trésor que cette vie m'ait offert.

Puis Ichiro Omura se tourna vers Wei :

– Je n'ai pas davantage de doutes sur le fait que tu seras un excellent époux pour Aïko, puisqu'elle t'a choisi ! Dans ma prison, j'étais résolu à quitter la Chine. La façon dont Han Fu a traité ma famille, au prétexte que nous étions japonais, m'avait profondément blessé. Puis, quand tu es venu m'apporter en secret ces éventails, j'ai compris que je faisais la même erreur que ton père. Je pensais que tous les Chinois étaient comme lui, alors que celui issu de son propre sang témoignait d'un cœur tellement plus noble. Je vous souhaite à vous deux tout le bonheur possible.

– Oui ! Formidable ! Je suis trop contente ! Je savais que Aïko réussirait à s'en sortir et pourrait épouser Wei.

Fleur de Printemps a bondi sur ses pieds et sautille à présent sur la pelouse, comme si elle exécutait une danse étrange, connue d'elle seule.

Ses cris de joie ont réveillé ses cousins et sa grand-mère, qui émergent lentement de leur sieste et se frottent les yeux en se demandant ce qui se passe. Amusé, Lao Sheng la laisse faire. D'autant qu'il n'est pas mécontent à l'idée de se relever, lui aussi, et de poursuivre leur visite du Palais d'été. Avant de repartir, il interpelle la fillette :

– Dis-moi, tu n'aurais pas oublié quelque chose par hasard ?

Fleur de Printemps ne comprend pas.

– Et ton joli bouquet ? N'était-ce pas pour l'offrir à ta grand-mère ?

Tout excitée, Fleur de Printemps a oublié la petite boule de fleurs restée sur la pelouse.

Elle se précipite pour la ramasser, tandis que Lao Sheng continue à son intention :

– Puisque je t'ai fait plaisir en te racontant cette histoire, accepteras-tu de me faire plaisir à ton tour ?

– Tout ce que tu veux, grand-père !

– Très bien. Alors, dès demain, quand tu reprendras l'école, sois gentille de faire le récit des aventures d'Aïko à tes camarades. Quelque chose me dit que vous serez très vite plus nombreux à assister aux cours de Mme Takahashi.

Lauréat 2013 de l'Institut français, l'auteur a bénéficié pour la préparation de cette publication d'une Mission Stendhal réalisée en Chine, dans la région de Shanghai, sur le thème de "L'art de l'éventail".

TABLE

Reproduit et achevé d'imprimer en février 2015 par l'imprimerie
Normandie Roto Impression s.a.s. à Lonrai pour le compte des éditions
ACTES SUD, Le Méjan, Place Nina-Berberova, 13200 Arles.
N° d'impression : 1500440
Dépôt légal 1re édition : mars 2015 - Imprimé en France